MON
BALLON

ISBN 978-2-211-21672-2
Première édition dans la collection
lutin poche : avril 2014
© 2012, l'école des loisirs, Paris
Loi numéro 49 956 du 16 juillet 1949
sur les publications
destinées à la jeunesse : mars 2012
Dépôt légal : avril 2014
Imprimé en France
par Clerc SAS à Saint-Amand-Montrond

Mario Ramos

MON
BALLON

Pastel
lutin poche de l'école des loisirs
11, rue de Sèvres, Paris 6ᵉ

Le Petit Chaperon rouge est très fier.
Sa maman lui a offert un joli ballon rouge.
«Va le montrer à Grand-mère,
elle sera très heureuse de te voir,
et tu lui diras bonjour de ma part.»

La petite fille s'enfonce dans la forêt
et commence à chanter joyeusement :
« *Promenons-nous dans les bois…*

Ah !
Qui se promène aussi par là ?
Un renard ?
Un autobus ?
Une locomotive ? »

«Une, deux, une, deux, une, deux...
Attention fillette,
laisse passer le champion»,
lance le lion.

«Bon d'accord, je continue alors :

Promenons-nous dans les bois
Tant que le loup n'y est pas...

Ah !
Qui est là ?
Un sanglier ?
Une armoire à glace ?
Un diplodocus ?»

«Bonjour belle enfant.
Ne marche pas sur les fleurs !
Je fais un beau bouquet
pour l'offrir
à ma petite souris»,
dit l'éléphant.

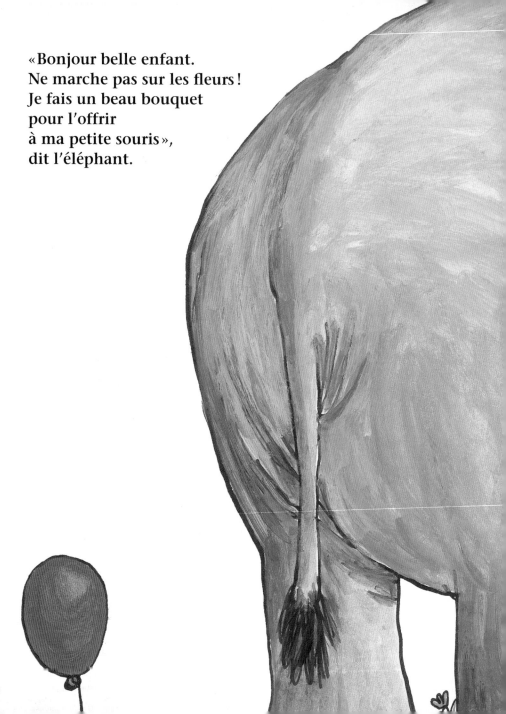

«Bon d'accord, je continue alors:

Promenons-nous dans les bois
Tant que le loup n'y est pas.
Si le loup y était...

Mais!
Qu'est-ce que c'est?
Un papillon?
Une cathédrale?
La tour Eiffel?»

«Non, non,
je vous en prie,
pas d'autographe !
Aujourd'hui,
je suis là incognito»,
dit la girafe.

«Bon d'accord, je continue alors:

Promenons-nous dans les bois
Tant que le loup n'y est pas.
Si le loup y était, il nous mangerait...

Mais!
Qu'est-ce que c'est?
Un cheval?
Un piano à queue?
Un vaisseau spatial?»

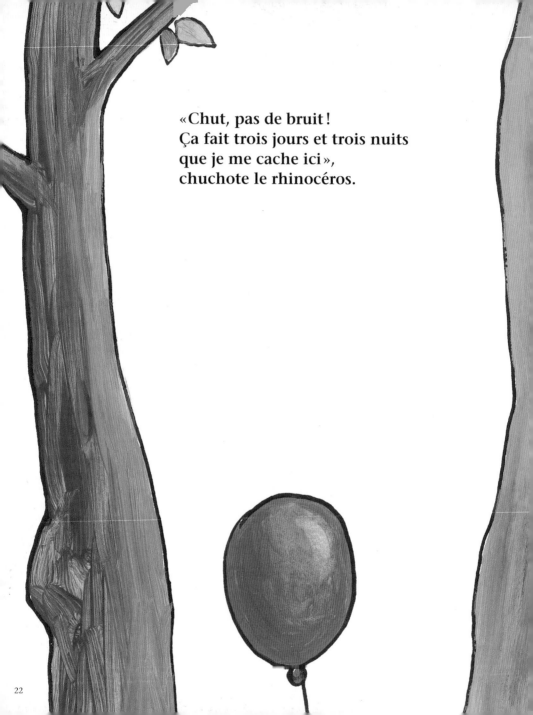

«Chut, pas de bruit !
Ça fait trois jours et trois nuits
que je me cache ici»,
chuchote le rhinocéros.

«Bon d'accord, je continue alors :

Promenons-nous dans les bois
Tant que le loup n'y est pas.
Si le loup y était, il nous mangerait.
Comme le loup n'y est pas…

Ah !
Qu'est-ce que c'est, ça ?
Un rossignol ?
Un tuyau d'arrosage ?
Un camion de pompier ?»

«Hé !
La petite fille rouge !
Circulez ! Circulez !
Vous faites fuir les crevettes»,
caquètent les flamants roses.

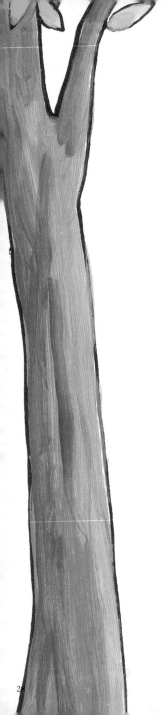

«Bon d'accord, je continue alors :

Promenons-nous dans les bois
Tant que le loup n'y est pas.
Si le loup y était, il nous mangerait.
Comme le loup n'y est pas,
il nous mangera pas…

Là !
Une grande bouche pleine de dents !
C'est lui !
C'est le Bzou…,
c'est le Brou…
Zut alors,
c'est le Blan mélan chou,
le Grand métan bouh !

HAAAAA ! »

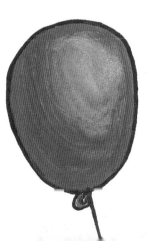

«Bonjour petite.
Désolé, je ne voulais pas t'effrayer.
Je cherche la mer»,
dit le crocodile en lui rendant
gentiment son ballon.

«Bon d'accord, je continue alors:

Promenons-nous dans les bois
Tant que le loup n'y est pas.
Si le loup y était, il nous mangerait.
Comme le loup n'y est pas,
il nous mangera pas.
Loup, loup, y es-tu?»

«Oui !
Bien sûr que je suis là»,
répond le loup en la dévorant des yeux.

«Pas de chasseur en vue !
Rien que toi et moi.
Oh, quelle joie !
On va bien se régaler»,
salive le loup.

Et à ces mots,
il se jette sur la petite.

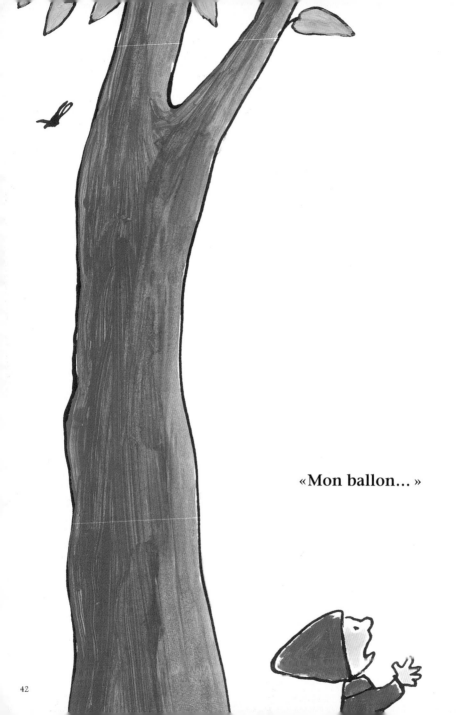

«Mon ballon...»

43

JE VEUX MON

BALLON